伊索寓言繪本系列

下金蛋的鵝

圖文：貝姬・戴維斯

翻譯：李承恩

 園丁文化

伊索寓言繪本系列

下金蛋的鵝

圖　　文：貝姬‧戴維斯
翻　　譯：李承恩
責任編輯：黃偲雅
美術設計：許鍩琳
出　　版：園丁文化
　　　　　香港英皇道 499 號北角工業大廈 18 樓
　　　　　電話：（852）2138 7998
　　　　　傳真：（852）2597 4003
　　　　　電郵：info@dreamupbooks.com.hk
發　　行：香港聯合書刊物流有限公司
　　　　　香港荃灣德士古道 220-248 號荃灣工業中心 16 樓
　　　　　電話：（852）2150 2100
　　　　　傳真：（852）2407 3062
　　　　　電郵：info@suplogistics.com.hk
印　　刷：中華商務彩色印刷有限公司
　　　　　香港新界大埔汀麗路 36 號
版　　次：二〇二二年十一月初版

© 2022 Ta Chien Publishing Co., Ltd
香港及澳門版權由臺灣企鵝創意出版有限公司授予

ISBN: 978-988-7658-33-7
© 2022 Dream Up Books
18/F, North Point Industrial Building, 499 King's Road, Hong Kong
Published in Hong Kong SAR, China
Printed in China

前言

《伊索寓言》相傳由古希臘人伊索創作，結集了來自世界各地的故事，約三百多篇。

《伊索寓言》對後代歐洲寓言的創作產生了重大的影響，不僅是西方寓言文學的典範，也是世界上流傳得最廣的經典作品之一。

《伊索寓言繪本系列》精心挑選了八則《伊索寓言》的經典故事。這些故事簡短生動，蘊含了深刻的道理，配以精緻細膩的插圖，以及簡單的思考問題，賞心悅目之餘，也可以啟發孩子和父母思考。

編者希望此套書可以給孩子真、善、美的引導，學習正確的待人處事方法。以此祝福所有孩子能擁有正能量的價值觀。

故事簡介

《下金蛋的鵝》這個故事，告訴了人們太貪心會讓人一無所有的道理。

家裏飼養的鵝突然下起金蛋，使貧窮的夫婦慢慢變得富有。但他們並不滿足，反而決定宰掉鵝取得更多黃金。因為貪心的念頭，最後他們又變得一無所有。

有位農夫跟他
的妻子在一座美麗
的小農場生活着。

除了財富，他們擁有一
切生活所需。他們種植了新
鮮蔬菜，每天早晨也能撿得
家禽下的蛋。

有一天，農夫在撿蛋的時候，注意到其中一隻鵝的後面有一個奇怪的東西。

8

他飛快地奔向妻子，展示他的發現：
鵝剛才下了一個金蛋！

每天早上，農夫都會把一些蛋帶
到市場上賣掉。
而今天，他格外興奮地出發了。

14

抵達市場的農夫直接去找當地的黃金商人。
這顆金蛋兌換到的金錢讓他大吃一驚！

農夫匆忙地趕回他與妻子住的老房子，
給她看了從黃金商人那裏得到的金錢，還有
新買的衣服。

每天早上，他把鵝生下的金蛋拿到市場賣掉，同行的妻子就用這筆錢隨心所欲地買東西。

這對夫妻就這樣在市場上來來回回、
來來回回地，一天一天越買越多。

21

農夫和他的妻子變得非常富有。他們能買更好的衣服，更好的家具，甚至有更棒的房子。可是，農夫卻想在更短的時間變得更富有。

農夫想到一個可怕的主意：如果把這隻鵝剖開，他們就能馬上得到所有的金蛋了！於是，他讓妻子着手捕捉這隻鵝。

他們把鵝帶進籠舍裏剖開後，

卻震驚地發現……

原來鵝的肚子裏什麼也沒有，農夫和妻子都嚇壞了，但此時已經後悔莫及。

　　這對夫婦再也負擔不起過度奢華的生活，漸漸
地，他們失去一切，像從前般過着貧窮的生活。
　　最終，他們學會要對當下所擁有的心存感謝，
太貪心可能會讓自己一無所有。

思考時間

1. 你對這對夫婦的所作所為有什麼想法？

2. 你曾經因為太貪心而得到什麼教訓？

3. 想一想，「惜福」是什麼意思？

作者介紹

　　貝姬・戴維斯（Becky Davies）是一名插畫家，在美麗的英國威爾士切普斯托鎮生活和工作。她在 2016 年於格羅斯特大學畢業，獲得插畫一等榮譽學士學位。貝姬喜歡使用傳統媒體創作，特別是用鉛筆。然而，她最喜歡的還是以電腦繪圖來完成工作！在大學學習插畫的經歷，使她能夠探索新的工作方式，幫助她建立出不同的風格。除了繪畫，她還喜歡閱讀、拼圖、在陽光下散步，以及在多變的四季中享用熱茶！